Cómo cuidar a

tu abuelo

Texto: **Jean Reagan**

Ilustraciones: **Lee Wildish**

Picarona

Cuidar del abuelo es muy divertido, si sabes cómo hacerlo.
Cuando tu abuelo llame a la puerta, ¿qué debes hacer?

¡Esconderte!

Puedes moverte de aquí para allá y también canturrear.
Pero no grites «¡Abuelooo!». Todavía no. ¡Shhh...!

CÓMO ESTARSE QUIETO:

★ Imita a un tiburón
a punto de comer.

★ Actúa como
un espía pirata.

★ Permanece inmóvil
como la estatua
de un león.

Tan pronto como tu abuelo diga «¡Me rindo!», da un salto y grita: «¡AQUÍ ESTOY!».

Cuando se vayan papá y mamá, toma la mano a tu abuelo
y dile: «No te preocupes, si siempre vuelven…».
Después, enseguida, pregúntale si tiene hambre.

TENTEMPIÉS PARA EL ABUELO:

- ★ Helado con galletas.
- ★ Aceitunas sin hueso servidas en las puntas de los dedos.
- ★ Cualquier cosa mojada en kétchup.
- ★ Galletas con helado.

Después de comer un poco,
ha llegado la hora de llevar
al abuelo de paseo.

Si hace frío, abrígalo bien.

Si hace calor,
ponle crema
solar, sobre todo
en la cabeza.

Al cruzar la calle, recuerda darle la mano
y haz que mire a ambos lados.

QUÉ HACER DURANTE EL PASEO:

* Saltad por encima de los agujeros
  y de las grietas que encontréis.

* Buscad lagartijas, piedras y fósiles
  y pelosillas (dientes de león).

* Si os encontráis un charco o un aspersor,
  enséñale qué tiene que hacer.

De vuelta a casa, haz que cierre los ojos
mientras te preparas. Y luego…

CÓMO ENTRETENER AL ABUELO:

* Haz piruetas por la habitación.
* Organiza algo que dé miedo.
* Hazle un demostración
  de tus músculos.

Puedes hacerle unas cuantas gracias más,
pues los abuelos siempre aplauden y piden más.

Enseguida querrá unirse a la diversión,
así que juega con él.

CÓMO JUGAR CON EL ABUELO:

✱ Desfila arriba y abajo
con tu tambor
(a él dale un kazoo).

✱ Construye una cueva pirata
(asegúrate de que quepáis los dos).

⭐ ¡Contemplad los tiburones en el agua!
(no dejes que toque el suelo
con los pies).

Cuando el abuelo diga «Hora de dormir», es que quiere echarse una siestecita. La mejor manera de hacerle dormir es que te lea un cuento *laaaaaaaaaaaargo*,
una vez,
        y
            otra vez,
                y
                    otra vez
                        y
                            . . . Z Z Z Z Z Z z.

Aunque tú también tengas sueño, piensa
que los cuidadores tienen que estar despiertos.
Mientras él duerme hazle un dibujo para que lo coloque
en la nevera de su casa.

QUÉ DIBUJARLE AL ABUELO:

* Batalla entre un tiburón
  y un barco pirata
* Tu dinosaurio favorito
* Tu abuelo y tú saltando
  en un charco

Luego . . .

PUEDES INTENTARLO ASÍ:

⋆ Levántalo del sillón con tus fuertes músculos.

⋆ Hazle cosquillas en la nariz
y en los pies.

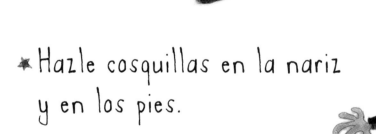

★ Cántale «Había una vez un barquito chiquitito», primero bajito, luego alto, y luego MÁS Y MÁS ALTO.

Ahora pregúntale: «¿Cuándo vendrán mamá y papá? ¿Pronto, no?».

Entonces, tu abuelo mirará el reloj y dirá:
¡Uy, sí! ¡Pronto, muy pronto!

Los buenos cuidadores no pueden dejar todo hecho un desastre, así que pon un poco de música marchosa y poneos los dos a trabajar.

Cuando oigas llegar a papá y a mamá, dale la mano
al abuelo y haz que se esconda detrás del sofá.
Enséñale a estarse quieto (Cómo estarse quieto),
y dile muy bajito: «Ves, abuelo, siempre vuelven».

Ahora llega la parte más difícil: la despedida.

CÓMO DESPEDIRSE DEL ABUELO:

* Sorpréndele con un dibujo.

* Dale un abrazo y un beso, un abrazo y un beso, y un abrazo y un beso.

* Y pregúntale: «¿Cuándo puedo volver a cuidarte?».

Para John y Jane,
y para su abuelo John y su abuela Janice.
J. R.

Para Roy Wildish y Dennis Gates.
Siempre os recordaré.
L. W.

Puede consultar nuestro catálogo en www.edicionesobelisco.com / www.picarona.net

Cómo cuidar a tu abuelo
Texto de *Jean Reagan*
Ilustraciones de *Lee Wildish*

1.ª edición: febrero de 2016

Título original: *How to Babysit a Grandpa*

Traducción: *Joana Delgado*
Maquetación: *Montse Martín*
Corrección: *M.ª Ángeles Olivera*

© 2012, Jean Reagan y Lee Wildish
(Reservados todos los derechos)
Título publicado por acuerdo con Random House Children's Books,
una división de Random House LLC.
© 2016, Ediciones Obelisco, S. L.
(Reservados los derechos para la lengua española)

Edita: Picarona, sello infantil de Ediciones Obelisco, S. L.
Pere IV, 78 (Edif. Pedro IV) 3.ª planta 5.ª puerta
08005 Barcelona - España
Tel. 93 309 85 25 - Fax 93 309 85 23
E-mail: picarona@picarona.net

ISBN: 978-84-16117-89-5
Depósito Legal: B-26.403-2015

Printed in India